Le roman du film

*Un film Twentieth Century Fox. Par les créateurs de l'Age de Glace™

L'édition originale de cet ouvrage a paru
chez HarperCollins sous le titre :
Rio, the Junior Novel
Rio © 2011 Twentieth Century Fox Film Corporation.
Tous droits réservés.
D'après le scénario de Todd R. Jones et Earl Richey Jones.

HarperCollins®, Fire and Water®, and HarperEntertainment
sont des marques de HarperCollins Publishers.

© Hachette Livre, 2011.

Traduction française : Marie Le Cocguic
Conception graphique : Audrey Cormeray
Hachette Livre, 43 quai de Grenelle 75015 Paris.

Le roman du film

BLU

Blu a un gros problème dans sa vie d'oiseau : il ne sait pas voler ! C'est très rare, comme lui d'ailleurs, puisqu'il est le dernier ara mâle de la planète. Craintif et timide, il découvre l'aventure grâce à Perla.

Perla est aussi belle et intelligente qu'hautaine et incontrôlable ! Bref, elle a un sacré caractère, et elle n'hésite pas à traiter Blu de tous les noms d'oiseaux possibles !

PERLA

RAFAEL

Rafael est un père de famille nombreuse un peu farfelu. Maïs Blu et Perla peuvent compter sur lui tout au long de leur aventure !

Nico a le rythme dans la peau ! Ce canari est un ami de Rafael, et ce qu'il aime à Rio, c'est chanter et danser toute la nuit.

NICO

PEDRO

Pedro n'est pas insensible à la beauté de Perla... Pour elle, il pourrait presque casser trois pattes à un canard !

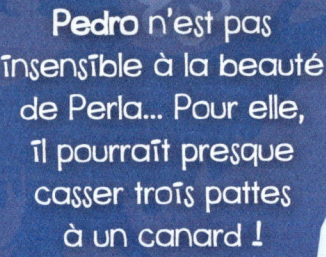

Luiz est le bouledogue le plus excentrique de toute la ville. Ce qu'il aime par-dessus tout, c'est se déguiser pour le carnaval !

LUIZ

HECTOR

Hector est le complice des braconniers. Ce cacatoès blanc est agressif et méchant. Mais est-ce qu'il ne finirait pas par être le dindon de la farce ?

BLU ET LINDA

Au cœur de la forêt brésilienne, la brume se dissipe lentement entre les arbres alors que les premiers rayons du soleil éclairent l'horizon. Un oiseau surgit en piqué entre les branches et, sans prévenir, réveille toute la jungle… en fanfare ! Petit à petit les oiseaux, à moitié réveillés (ou à moitié

endormis), accordent leurs voix dans un chant mélodieux.

Toute la forêt chante et se trémousse en rythme… sauf Blu, un oisillon ara qui vient de naître. Il voudrait voler avec les autres mais il a le vertige ! Un handicap majeur pour son avenir d'oiseau ! Alors c'est décidé, aujourd'hui il va voler…

— À trois, je me lance !

Un, deux, Blu a déjà une patte hors du nid quand un bruit effrayant résonne au pied des arbres. Des camions et des jeeps remplis de braconniers envahissent la jungle. Paniqués, tous les oiseaux s'envolent vers le ciel dans une pagaille indescriptible. Blu veut les suivre mais comment faire ? Il s'approche du bord, avance une patte et… glisse ! Il dégringole et attterrit directement dans une cage posée sur le sol. Il est prisonnier !

Bien plus tard, Blu est réveillé par le choc de sa caisse jetée par terre. Aucun arbre autour de lui, juste une immense étendue blanche. Soudain le couvercle s'ouvre et une main potelée le saisit. Linda, une petite fille de huit ans, le regarde en souriant. Après un moment d'hésitation, l'oisillon lui sourit aussi.

— Blu, bienvenue à Moose Lake !

Quinze ans plus tard…

— Bonjour, Blu, dit Linda en bâillant, les yeux encore ensommeillés. Bien dormi ?

Blu hoche la tête avant de se diriger vers la cuisine pour le rituel du matin. Toasts juste grillés pour Linda et vitamines pas très appétissantes pour Blu. Puis, ils rejoignent la librairie que possède la jeune femme dans le centre ville de Moose Lake.

Concentrée sur leur partie de Jenga, Linda entend à peine le bruit de la sonnette d'entrée. Blu non plus. Un jeune homme s'avance, en silence.

— Vous cherchez un livre ? demande la propriétaire des lieux.

— Non, j'ai parcouru plus de 9 500 kilomètres pour vous rencontrer tous les deux.

Il tend sa carte de visite, Linda lit : *Tulio Monteiro, docteur en Ornithologie.* Tulio s'approche de Blu.

— Son plumage est exceptionnel, dit-il en caressant l'animal.

— Attention ! Ses plumes sont

fragiles. Il ne sait pas voler…, prévient Linda.

— Impossible ! Il faut simplement l'encourager, son instinct fera le reste.

Le chercheur prend l'ara et le lance dans les airs. Blu hurle de terreur et s'écrase de tout son poids sur le sol.

— Je suis désolé… D'après nos recherches, votre oiseau est le dernier mâle vivant de son espèce. On aimerait le réintroduire dans son milieu naturel, à Rio de Janeiro au Brésil, en compagnie d'une femelle, Perla, qu'on vient de découvrir. Comme ça, ils pourraient, comment dire, s'entendre et… sauver l'espèce !

Linda ne sait pas quoi faire, elle doit choisir entre sa vie confortable avec Blu et la sauvegarde des aras sur la planète… *pfff*, quel casse-tête !

La jeune femme se souvient de tous les instants magiques qu'elle a partagés avec Blu. Les bougies soufflées des anniversaires, les prises de bec au réveil, les parties de cache-cache interminables ou encore les danses endiablées au bal de fin d'année. Blu est son complice des bons et des mauvais jours depuis… toujours ! Elle regarde alors son ami et déclare d'une voix enjouée :

— Dépêche-toi, mon grand, on a un avion à prendre !

LE KIDNAPPING

2

La voiture roule vers le centre de protection des oiseaux dans lequel travaille Tulio. Linda et Blu sont émerveillés par la beauté de la ville brésilienne. Les immeubles de couleurs vives bordent les longues plages de sable blanc, et sur le trottoir des groupes déguisés se déhanchent librement au rythme d'une musique entraînante.

— Le carnaval commence demain. Une fois par an, toute la ville se déguise et descend dans les rues. Rio de Janeiro devient la plus grande piste de danse du monde, précise Tulio.

La jeune femme et son oiseau hochent la tête, conquis.

Arrivés au centre, ils découvrent un autre spectacle : les animaux victimes du braconnage. Tulio et son équipe soignent, nourrissent puis relâchent les oiseaux dans leur milieu naturel. Les deux invités sont impressionnés par la visite de l'immense volière.

— Perla, la femelle ara, est ici ? demande Linda.

— Oui, mais on a une volière spéciale pour Perla. Elle est… comment dire… assez vive.

Un peu plus loin, Blu aperçoit dans les airs la plus belle femelle ara qu'il ait jamais vue.

— Un ange…

À peine a-t-il fini sa phrase que la femelle fonce en piqué et le plaque au sol avec ses griffes acérées.

— Qu'est-ce que tu fais là ? gronde Perla.

— Yddllhhhi rrrgghhhhtt, murmure Blu.
— Hein ?
— Tu… m'étrangles…, articule Blu.

Perla se décale légèrement.
— Qui es-tu ?
— Mon nom est Blu, enchanté, dit-il en bombant le torse.

— Ouais, ouais... On a pas le temps là, t'es prêt ?

— Euh..., articule Blu alors que Perla se rapproche de lui.

« Mais bien sûr, elle veut m'embrasser ! » pense-t-il. Il prend une longue inspiration et ferme les yeux.

— Beurk, même pas en rêve, s'exclame la femelle, en reculant.

— Oups, j'ai cru que... euh...

— Et même si tu étais le dernier ara mâle de la planète, se moque Perla.

Blu toussote.

— Justement, je suis LE dernier ara mâle de la planète. C'est pour ça que je suis ici, pour faire ta connaissance. On est les deux derniers de notre race, encore vivants.

Perla hausse les ailes d'un air méprisant et file dans un coin. La

communication risque d'être difficile entre les deux oiseaux...

Plus tard dans la nuit, Hector, un cacatoès blanc, profite de l'inattention passagère du gardien, pour laisser entrer un jeune garçon dans le centre. Fernando et Hector ont pour mission de voler Perla et Blu.

Les deux aras ne se doutent pas un instant du danger qui les menace. Dans leur vaste cage, Perla élabore un énième plan d'évasion pendant que Blu essaie de trouver le sommeil.

— Aarrgghh, mais tu ne dors jamais ?!

— D'abord je dois m'évader répond Perla, en essayant d'écarter les barreaux avec son bec.

— Pour aller où ? Cette cage est extra !

— Extra, cette prison ? Évidemment, tu peux pas comprendre, tu n'es qu'un animal domestique, ça te dépasse le concept de la liberté, j'imagine ?

— Moi, un animal domestique ? Pour ton information, je suis un *animal de compagnie*. Tu comprendras la différence quand Linda viendra me chercher demain matin. Cette humaine m'a aimé et dorloté pendant les quinze dernières années, alors que toi, qui es censée faire partie de ma famille, tu as essayé de te débarrasser de moi au bout de quinze secondes !

— Ouais, eh bien moi à cause des humains j'ai tout perdu, alors ne…

Perla est interrompue par l'ouverture de la cage. Sans réfléchir, elle s'envole vers cette sortie inespérée.

— Perla ? appelle Blu.

Mais une ombre s'approche en silence et un sac s'abat sur lui.

À quelques rues de là, Linda et Tulio sont attablés dans un restaurant typique de la ville. Le téléphone du chercheur interrompt la conversation. Tulio, le visage fermé, annonce à Linda la mauvaise nouvelle.

— Perla et Blu viennent d'être kidnappés !

ON SE SERRE LES COUDES !

Fernando, suivi de Hector, ouvre la porte d'un hangar désaffecté. Un gang de braconniers composé de Tipa, Armando et leur chef Marcel, les y attend. Ce dernier fixe avec avidité la cage que tient le jeune garçon. À l'intérieur, Perla met au point un plan d'évasion.

— Allonge-toi et fais le mort,

chuchote-t-elle à Blu.

— Pas besoin de faire semblant, je vais mourir d'une crise cardiaque de toute façon... Où est Linda ? Je veux rentrer à la maison...

— Chut, espèce d'imbécile. Ne pose pas de question, fais le mort et surtout tais-toi, prévient Perla d'une voix autoritaire.

Marcel soulève la couverture de la cage et découvre les deux aras *morts*. Il se tourne vers Fernando en hurlant.

— J'avais dit VIVANTS. Ce sont les deux derniers exemplaires, ils valent une petite fortune ! (Marcel ouvre la cage et sort le petit corps de Perla.) Qu'est-ce que tu veux que je fasse de ça maintenant ?

Perla en profite pour lui pincer le doigt et s'envoler vers l'ouverture du toit. La surprise passée, le chef se met à crier :

— Attrapez-la, bande d'incapables, ne la laissez pas s'échapper !

Blu, sans bouger, ouvre un œil et aperçoit Perla, qui fonce vers la porte du hangar. La jeune ara est presque dehors lorsque le cruel Hector lui barre le chemin. Perla tente de forcer le passage, mais

Hector est bien plus fort. Il l'attrape entre ses serres et la ramène à son maître.

— Bravo, Hector, tu es le meilleur, dit Marcel en caressant le cacatoès.

Il se tourne ensuite vers Perla et Blu.

— Voilà donc les deux derniers aras de la planète… hum, magnifique ! Comme vous avez plus de valeur à deux, voici un petit lien de rien du tout entre vous.

Marcel accroche une grosse chaîne aux pattes des deux oiseaux, puis s'adresse à Fernando.

— Allez, va les mettre avec les autres.

Enfin, il précise à Tipa et à Armando :

— On a rendez-vous demain à l'aéroport. J'ai une affaire à régler en attendant, alors ne soyez pas en retard, compris ?

Les deux braconniers hochent la tête, l'air pas bien malin…

Perla et Blu se retrouvent dans un entrepôt. Il y a des dizaines de cages empilées dans lesquelles toutes sortes d'oiseaux s'agitent !

Blu fait les cent pas dans la cage.

— Surtout ne pas paniquer.

— Je ne panique pas, répond Perla d'une voix froide.

— Euh non… je parle pour moi, en fait.

— On peut savoir pourquoi tu ne m'as pas suivie quand je me suis envolée tout à l'heure ? demande Perla, énervée.

— Eh bien c'est-à-dire que… tu vois… je…

Blu est interrompu par l'arrivée de Hector, un os de poulet entamé dans le bec.

Le cacatoès se pose près de leur cage et s'approche de Perla, le regard mauvais.

— Tu as de la chance d'être encore vivante, siffle-t-il.

Blu s'interpose.

— Laisse-la tranquille.

Hector recule en souriant.

— Bons cauchemars, les amis, dit-il, en prenant son envol.

— Son humour est tout à fait décevant, n'est-ce pas ?

Pas de réponse de Perla, bien trop occupée à essayer de faire basculer la cage vers le sol. Blu, pour ne pas perdre l'équilibre, s'accroche aux barreaux.

— Mais ça va pas, qu'est-ce que tu fais encore ?

— Je nous sors de là, déclare Perla.

— Non, non, non… Attends ! Tous les manuels de survie sont formels sur ce point : il faut toujours attendre les secours SANS bouger.

Perla s'interrompt un instant et regarde Blu dans les yeux.

— Personne ne viendra nous sauver ! On est seuls sur ce coup-là, crois-moi !

L'ÉVASION

BANG ! La cage heurte le mur. Perla tente d'écarter les barreaux.

— Pourquoi tu t'énerves avec ces barreaux alors qu'il te suffit d'ouvrir la porte, dit Blu en trifouillant la serrure avec son aile.

La porte de la cage s'ouvre doucement.

— Mais… comment est-ce que tu…

— Chacun sa spécialité ! Tu me remercieras plus tard.

— Ouais bon, on décampe.

Perla essaie de quitter le sol mais Blu agrippe les barreaux de la cage avec son bec.

— Je ne peux pas vol…, grogne Blu, qui est interrompu une nouvelle fois par Hector.

L'horrible volatile a prévenu les deux balourds, Tipa et Armando, de leur tentative d'évasion. Les trois complices font irruption dans la salle.

Perla tire Blu, qui ne lâche toujours pas les barreaux. La cage vacille enfin et bascule dans le vide.

— Voleeeeeer… ! hurle Blu.

La cage percute Hector de plein fouet. Perla et Blu en profitent pour sauter par la fenêtre. Ils dégringo-

lent de l'autre côté, à l'air libre !

Perla se redresse la première.

— Tu pouvais pas me prévenir avant ?

— Bon d'accord, je sais pas voler, admet Blu. Tu es contente ?

Perla est sur le point de répondre quand elle aperçoit Tipa et Armando qui foncent vers eux.

— Pas le temps, faut se tailler d'ici vite fait !

Perla et Blu essaient de s'enfuir mais avec la chaîne accrochée à leurs pattes, c'est difficile !

— Attends, écoute-moi, intervient Blu. D'abord la patte intérieure et ensuite la patte extérieure. Intérieure, extérieure, intérieure, extérieure.

Ils reprennent en chœur les instructions tout en synchronisant leurs mouvements. Ça y est ! Ils ont compris et prennent de la vitesse. Ils entrent dans un café mais les braconniers sont sur leurs talons. Blu aperçoit un chat sur le comptoir, il a une idée. Il imite l'aboiement d'un chien. Le chat se réveille d'un coup et saute, juste à temps, sur le visage de Tipa, toutes griffes dehors. Blu se retourne et découvre Hector qui vole au-dessus d'eux. Perturbé, il fait un faux mouvement et patatras… ils dégringolent en bas d'un escalier, au milieu des poubelles.

— Super, je me retrouve enchaînée au seul oiseau de la terre qui ne sait pas voler, grogne Perla, pleine de détritus.

Blu ne relève pas, Armando et Hector sont toujours à leurs trousses.

Les deux oiseaux continuent leur course effrénée et traversent plusieurs bâtiments et appartements. Aucun humain ne leur prête attention car la ville entière regarde le match de foot à la télévision. D'ailleurs, Armando abandonne la poursuite pour assister à la fin de la rencontre !

Arrivés sur un toit d'immeuble, Blu et Perla remarquent Hector qui, lui, n'est pas fan de football et qui fonce droit sur eux. Dans un mouvement souple, Blu esquive l'attaque, Hector n'a pas d'autre choix que d'atterrir sur le transformateur électrique. Des étincelles jaillissent et une fumée noire se répand sur le toit. Les deux oiseaux en profitent pour prendre la poudre d'escampette vers la forêt, toute proche.

Les deux aras marchent dans l'obscurité à la recherche d'un

endroit pour passer la nuit. Blu n'est pas rassuré dans cet environnement inconnu.

— On ne trouvera jamais un endroit sûr pour dormir…

— Je ne voudrais pas être désagréable mais je te signale que c'est ici, dans la jungle, que notre race vit.

— Ah, mais je regarde souvent des documentaires animaliers, soutient Blu, seulement je ne veux pas devenir le goûter du prochain animal affamé, c'est tout !

Perla, agacée, lève les yeux vers le haut d'un arbre.

— C'est bien pour ça qu'on vit dans les arbres… Et dire que je vais devoir te hisser tout en haut !

— Me hisser ? Regarde et apprécie, ma grande !

Blu se met à escalader l'arbre

avec une facilité déconcertante. Perla le suit et se retrouve en haut de l'arbre en un éclair.

— Alors, qui hisse qui ? demande fièrement Blu.

— OK, un point pour toi, dit Perla en se retournant. Bonne nuit.

— Bonne nuit, Perla !

Puis il murmure plus bas :

— Bonne nuit, Linda.

LES BONS PLANS DE RAFAEL

AVEZ-VOUS VU MON OISEAU ?

L'affiche est placardée sur le mur avec une photo de Linda et Blu prise pendant une fête d'Halloween. Fernando vient de voir l'affiche et reconnaît l'oiseau qu'il a volé. En rentrant chez lui, il commence à se sentir coupable…

Après tout, ces oiseaux n'ont rien fait. C'est décidé ! Fernando va réparer son erreur et mettre un terme au trafic de Marcel et sa bande de bons à rien.

Pendant ce temps-là à l'autre bout de la ville, Marcel fulmine de rage.

— Deux oiseaux enchaînés dans une cage, comment vous avez pu les perdre ?! On a rendez-vous à l'aéroport et la parade du carnaval va bloquer toutes les rues de la ville !

— Ils nous ont dupés, chef, intervient Tipa d'une petite voix.

Armando, à ses côtés, hoche la tête, inquiet.

Marcel leur jette la cage vide au visage. Il reprend sa respiration, et appelle Hector.

— Trouve-les-moi… et fissa !

Il ouvre la fenêtre, le cacatoès s'envole, un sourire carnassier au coin du bec. Puis il se tourne vers ses deux sous-fifres.

— Si on ne peut pas traverser la parade du carnaval, il nous faudra alors être *dans* la parade du carnaval !

— Madame, appelle Fernando en réveillant Linda, endormie contre Tulio.

Toute la nuit, ils ont parcouru la ville à la recherche des aras. Épuisés, ils se sont endormis, dehors, sur les marches du centre.

— Je sais où est votre oiseau, dit le jeune garçon, tout sourires.

Linda se réveille instantanément.

— Tu as trouvé Blu ? Tu es sûr ?

Fernando lui montre une plume bleue. Il l'avait ramassée avant de quitter le hangar.

— C'est la sienne, crie Linda. Où est-il ?

— Suivez-moi.

Linda se lève et emboîte le pas au jeune garçon.

— Non, non, non, Linda, attends, on ne le connaît pas... intervient Tulio.

— Je n'ai pas le choix. Je dois lui faire confiance.

Depuis l'aube, Blu et Perla essaient de briser la chaîne qui les relie. Sans succès. Ils commencent à vraiment avoir le moral dans les plumes. Ils sont sur le point d'abandonner quand ils sont distraits par une fratrie de bébés toucans. Intrépides et joueurs, les jeunes oiseaux mettent rapidement le bazar autour des deux aras. La situation devient insupportable lorsqu'ils sont sauvés par Rafael, le père des oisillons.

— Ah, ah, ah, les enfants… ils me donnent des poils blancs mais je les adore, annonce le vieux toucan avec douceur. Allez, oust ! Votre mère vous attend pour le déjeuner !

Rafael observe ses petits s'éloigner, puis se tourne vers les deux aras devant lui.

— Alors, les amoureux, on est en route pour le carnaval ?

— Gloups… amoureux ? Non plutôt enchaînés… de force, dit Perla. D'ailleurs, vous n'auriez pas une idée pour nous sortir de là ?

— Vous avez de la chance, vous connaissez Rafael, et Rafael connaît tout le monde ! Il faut aller voir Luiz.

— Luiz ?

— Vous avez vraiment de la chance… c'est au tour de ma femme de s'occuper de la marmaille, alors je vais vous conduire chez mon vieil ami. En plus, ça fait un bail que je ne suis pas allé me trémousser au carnaval. Faire la fête me rappellera ma jeunesse ! En route les amis, à vol d'oiseau, on en a pour une demi-heure.

— Et à patte d'oiseau ? demande Perla, parce que lui, là, il ne sait pas voler.

— Mais c'est un oiseau ! s'exclame Rafael.

— Techniquement, tous les oiseaux ne volent pas et pour ma…

Perla l'interrompt.

— C'est bon, on a compris.

Rafael regarde les deux oiseaux

l'un après l'autre, et avec un grand sourire annonce :

— À la poubelle, les idées reçues… En route pour cette nouvelle aventure… terrestre !

DU VENT DANS LES PLUMES

Le trio arrive enfin au sommet d'une falaise. Le vieux toucan et la jeune ara ont décidé que Blu devait apprendre à voler. Malgré la vue sublime sur la baie, Blu est de plus en plus mal à l'aise. Il regrette d'avoir dit oui… apprendre à voler, à son âge, c'est de la folie !!

Discrètement, il recule vers la forêt.

— J'ai changé d'avis, je ne suis pas prêt. Je vais plutôt essayer de trouver un arrêt de bus...

Rafael l'entoure de ses ailes.

— Tu ne vas pas te défiler maintenant... et devant une demoiselle, en plus ?

— Eh bien... c'est-à-dire que... non, évidemment.

Perla lui lance un coup d'œil surpris.

— T'es sûr de toi ?

— Mais oui, ce n'est pas comme si on allait se jeter directement dans le vide.

— À vrai dire, c'est tout à fait mon plan, admet Rafael.

— Quoiiiii ? Dans le vide ?

— Allons, allons, pas de panique, mon garçon. D'abord tu vas te rapprocher de Perla et vous allez mettre vos plumes ensemble. Allez, plus près, elle ne va pas te mordre tu sais !

Perla, pour le taquiner, mime un coup de bec dans le vide. Blu déglutit avec difficulté.

— Ensuite, vous vous lancez en même temps et vous battez des ailes, l'aile droite puis l'aile gauche, encore et encore sans vous arrêter.

— Hum… ça me paraît *aérodynamiquement* possible, dit Blu pour se rassurer.

— Et souviens-toi, voler ce n'est pas dans la tête que ça se passe mais dans le cœur, dit le vieux toucan en posant son aile délicatement sur le cœur de Blu.

— Sois naturel et tout ira bien, dit Perla… Allez, c'est parti !

Perla et Blu s'élancent en battant des ailes simultanément. Ils sont sur le point de décoller mais Blu change d'avis et pile en plein élan. Perla est déjà au-dessus du vide quand la chaîne se tend, ils dégringolent tous les deux en hurlant. Ils atterrissent sur l'aile d'un deltaplane un peu plus bas.

— Je suis mort ? demande Blu, les yeux fermés.

— Hiii Haaa, on est vivants, crie Perla, ravie.

Les deux oiseaux savourent, ensemble, l'air qui s'engouffre dans leurs plumes. Blu n'a jamais éprouvé cette sensation de toute sa vie.

— C'est merveilleux, je vole !

— Oui enfin… presque, constate Rafael qui les a rejoints.

— Tu vois ce que tu loupes, ironise Perla.

Blu se redresse et écarte ses ailes pour laisser entrer l'air. Perla ouvre de grands yeux.

— Noooon…

Blu est aspiré en arrière. Il entraîne avec lui Perla dans le vide. Ils percutent un parapente en contrebas, puis glissent sur la toile et tombent nez à nez avec le pilote. Le garçon panique et fonce vers le sol à pleine vitesse.

— On va mourir ! murmure Blu, les ailes sur les yeux du pilote.

L'appareil et ses occupants percutent les parasols et quelques échoppes sur la plage avant de s'arrêter en plein milieu des baigneurs effrayés. Perla et Blu, quant à eux, sont parachutés dans

un filet de volley qui les lance à pleine vitesse vers une planche de surf posée contre un palmier. Les deux oiseaux s'écrasent sur la planche et glissent piteusement sur le sable.

Rafael vient se poser près d'eux. Il s'approche de Blu, allongé au sol, et lui relève la tête.

— Tu ne l'as pas assez senti ici, dit-il, en montrant son cœur.

— Ah, ouais, tu crois ? se moque Perla en crachant le sable de son bec.

— Allez, vous deux, on se remue, on a un tramway à prendre ! dit Rafael.

7
DU RIFIFI CHEZ KIPO

En chemin vers le garage de Luiz, les trois amis sont accostés par de vieilles connaissances de Rafael, Pedro, un cardinal rouge, et Nico, un canari. Les deux complices remarquent immédiatement la beauté de Perla et son *attachement* à Blu.

— Bravo l'ami, tu as bon goût. T'as raison de la garder à portée de patte, rigole Pedro.

— Ah non… c'est pas du tout ce que vous croyez, se justifie Blu.

Perla lève les yeux au ciel, agacée.

— Bon, on va chez Luiz, oui ou non ?

— Luiz vient de s'absenter, ma belle, va falloir patienter. Que diriez-vous d'un petit crochet par la boîte de nuit de Kipo ? J'ai bien envie de me remuer les plumes, dit Pedro.

Blu n'a jamais mis une aile dans une boîte de nuit pour oiseaux, et il est immédiatement séduit par l'ambiance et la chaleur du lieu. Malgré lui, son corps frétille au rythme de la musique. Il rejoint Nico et Pedro sur la piste, et Perla est bien obligée de le suivre. Très vite, Blu trouve son style et les pas s'enchaînent… Quel danseur !

Perla se laisse finalement entraîner par son compagnon dans une danse effrénée.

« C'est le plus beau jour de ma vie », pense Blu.

La fête est interrompue par l'arrivée fracassante d'un groupe de singes marmousets. Ils sont en mission pour le compte de l'horrible Hector. Ils doivent récupérer les deux aras, vivants, sous peine de représailles douloureuses. Le chef de bande s'adresse au duo à plumes.

— Vous deux, vous venez avec nous !

— Plutôt mourir, lance Perla avec courage.

Kipo, le propriétaire des lieux, s'avance, l'air mauvais.

— Bravo, vous avez gagné, je suis énervé maintenant ! Ici c'est chez moi, et ceux qui s'en prennent à mes amis devront d'abord s'en prendre à moi !

— À moi aussi, ajoute Rafael.

— Et nous pareil, renchérissent Pedro et Nico.

— Pas mieux ! crie l'ensemble des oiseaux du club.

Une gigantesque bagarre éclate sur la piste de danse. Les coups pleuvent entre les singes survoltés et les oiseaux déchaînés. Blu et Perla s'aident de la chaîne pour venir à bout de leurs ennemis. Ils sont sur le point d'assommer un singe lorsque la cloche du tramway qu'ils doivent impérativement prendre retentit. Ils s'élancent en courant vers la sortie. Au loin, le tramway est déjà sur le départ. À pied ils n'arriveront jamais à temps ! Soudain Perla et Blu quittent la terre ferme dans le grand bec de Kipo, qui les dépose délicatement dans le wagon déjà lancé.

— Bonne chance, leur crie l'oiseau.

Pendant ce temps-là, Linda, Tulio et Fernando arrivent au hangar. À l'intérieur, surprise, tous les oiseaux ont disparu. Fernando est stupéfait. Il révèle alors à Linda et Tulio que c'est lui qui a volé Blu

et Perla. Mais il est interrompu par Tipa et Armando, déguisés aux couleurs du carnaval. Tulio et Linda ont juste le temps de se cacher derrière des caisses vides.

— Qu'est-ce que tu fais là, petit ? demande Armando.

— Oh, je venais voir si vous aviez un peu de boulot pour moi...

— Trop tard, on a tout chargé, répond Tipa, on est en route pour la parade.

Armando lui jette un regard noir. Fernando insiste.

— J'peux venir avec vous, s'il vous plaît ? Je me ferai tout petit, c'est promis.

— Allez c'est bon, il doit rester un masque qui traîne par là, dit Tipa en se rapprochant dangereusement de la cachette de Linda et Tulio.

Le trio déguisé se dirige vers la grande parade, suivi de près par Tulio et Linda, bien décidés à récupérer leurs oiseaux… coûte que coûte !

8
LA LIBERTÉ

Le tramway grimpe doucement la colline, Perla et Blu admirent la ville illuminée.

— La vue est magnifique, commente Perla.

— Oui, parfaite pour… pour, hésite Blu, qui sent bien que le moment est idéal pour se rapprocher, enfin, de Perla… pour un pique-nique, oui voilà pour grignoter sur le pouce.

C'est plus fort que lui, dans les moments importants, ses idées s'emmêlent et il dit n'importe quoi !

Rafael se rapproche discrètement.

— Psst, gamin… dis-lui juste « tu as de beaux yeux ».

— Euh, d'accord… j'ai de beaux yeux, déclare Blu.

— Mais non, soupire Rafael, pas les tiens, ses yeux à elle.

— Oh… je voulais dire tes yeux, corrige Blu. Tu as des yeux… extraordinaires, tu dois voir très loin, non ?

Le vieux toucan hausse les ailes.

— Bon, oublie les yeux… dis-lui simplement ce que tu ressens pour elle. Parle-lui de tes sentiments.

Blu se racle la gorge, prend une grande inspiration et fixe Perla dans les yeux.

— Quand je suis près de toi, je me sens…

Blu est stoppé par un pétale de fleur qui se coince dans son gosier. Il se redresse et émet de petits sons stridents. Perla sourit devant les pitreries de Blu. Mais soudain elle réalise qu'il est VRAIMENT en train de s'étrangler. Elle se place derrière lui, ses ailes autour de son buste et appuie très fort en le soulevant du sol. Blu crache le pétale et reprend son souffle.

— Terminus, tout le monde descend, annonce Rafael alors que le tramway s'immobilise.

À leur arrivée devant le garage, Rafael s'approche de l'entrée.

— Luiz ! Mon pote, t'es là ? J'ai des amis à te présenter.

Surgissant de nulle part un imposant bouledogue s'élance, gueule ouverte, vers les oiseaux. Tous s'envolent sauf Blu et Perla qui détalent, mais en quelques foulées, le molosse est sur eux, bloquant le passage.

— Ha ha ha… je vous

ai bien eus ! bave le bouledogue dans un éclat de rire.

— Luiz, arrête d'effrayer inutilement mes copains, dit Rafael, en souriant.

— Ça… C'est Luiz, soufflent en chœur Perla et Blu.

Rafael attrape la chaîne et la montre à Luiz.

— Mon ami, on a besoin de ton aide !

— OK, je vous arrange ça en deux minutes.

Luiz s'équipe d'un masque de protection et installe Blue et Perla sous une grande scie pourvue d'une lame fine et tranchante.

— Bon… bougez pas parce

qu'avec mon masque je n'y vois pas toujours clair, d'accord ? Ah, et si ça dérape, criez fort parce qu'avec le bruit de la scie, j'entends rien !

Perla et Blu se regardent, terrorisés.

— Aucune inquiétude, les amis, c'est un professionnel, les rassure Rafael.

La scie commence sa rotation mais Luiz glisse sur sa propre bave, la lame se détourne légèrement et évite de peu le bec de Blu. Paniquée, Perla s'envole vers le plafond en emmenant Blu derrière elle. Les deux oiseaux pivotent dangereusement dans les airs et percutent de plein fouet Luiz et son masque, qui se fend en deux. Ils tombent tous les trois à la renverse ! Finalement, la bave de Luiz atterrit dans les serrures de la chaîne. Dans un coup sec, les serrures cèdent. Blu et Perla sont libres !

Perla s'envole et tournoie dans les airs autour de Pedro et Nico. Blu la regarde d'en bas, déçu de ne pas pouvoir la suivre. Il s'éloigne en traînant les pattes.

— Mais où tu vas ? demande

Perla qui se pose devant lui.

— Je ne vais pas passer ma vie à te suivre depuis le sol.

— Hé, c'est pas ma faute si tu ne sais pas voler, dit Perla sur un ton plus agressif qu'elle ne l'aurait voulu.

— De toute façon je n'appartiens pas à votre monde. J'ai pas demandé à venir ici ! Je veux rentrer à la maison avec Linda, crie Blu en colère.

— Parfait ! Adieu… l'animal domestique, lance Perla, furieuse.

Perla s'envole, Pedro et Nico dans son sillage. Blu prend la direction opposée sous le regard triste de Rafael.

LA PARADE DU CARNAVAL

Perla vole à toute allure. Elle est furieuse mais plus malheureuse encore de s'être fâchée avec Blu. Les larmes aux yeux, elle ne voit pas surgir Hector, qui la stoppe dans son élan.

— Salut beauté, alors on se promène ? dit le cacatoès d'une voix douce.

— J'étais en route pour t'arracher les yeux ! hurle Perla tout en se débattant.

— Là, du calme, ma jolie. Allons plutôt rejoindre la parade. Toute la ville nous y attend.

Pedro et Nico assistent, impuissants, à l'enlèvement de Perla. Ils font demi-tour pour donner l'alerte.

— Blu, un gros cacatoès blanc a enlevé Perla, viiiite ! crie Pedro, hors d'haleine.

Blu se fige. Perla a été enlevée ?

— Mes amis, il est temps de voler à son secours, dit-il d'une voix déterminée.

Il saute sur le crâne de Luiz, déguisé en fruit géant pour le carnaval et, tous ensemble, ils prennent la direction de la ville.

Linda et Tulio, quant à eux, ont rejoint la parade mais impossible de la traverser. Seuls les participants, déguisés, sont autorisés à défiler

avec les chars. Aucune importance ! Tulio et Linda trouvent deux déguisements d'oiseaux et déjouent la vigilance d'un policier. Ils se mêlent aux groupes de danseurs des différentes écoles de samba. Linda est émerveillée par l'atmosphère magique et joyeuse de la parade. Tout le monde danse autour d'elle. Une musique gaie et rythmée résonne dans la nuit. Elle se retrouve, bien malgré elle, sur un char à devoir exécuter un semblant de danse brésilienne lorsqu'elle aperçoit Blu, accroché à la tête d'un bouledogue déguisé en fruit !

— Blu ?

— Linda ! piaille Blu tout aussi surpris que sa maîtresse.

Blu ne peut pas s'arrêter maintenant, il doit sauver Perla des griffes de Hector.

— D'abord, Perla ! souffle-t-il à Luiz, qui se faufile avec difficulté dans la foule.

Tout d'un coup Blu est percuté par un participant. Il tombe par terre et se retrouve nez à nez avec une planche à roulettes. Il saute dessus et se lance dans la rue.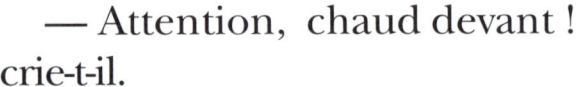

— Attention, chaud devant ! crie-t-il.

Il arrive au pied du char sur lequel se trouve la cage de Perla, retenue prisonnière.

— Tu n'aurais jamais dû venir, dit Perla d'une petite voix.

Blu n'a pas le temps de répondre, il est capturé par Hector qui l'enferme aussitôt dans une cage.

Blu est confiant, ses amis l'ont sûrement suivi. Ils vont venir le sauver. Il tourne alors la tête et découvre Rafael, Pedro et Nico prisonniers eux aussi.

— Oh non...

De son côté Linda a repéré le char dans lequel Blu est enfermé. Il est conduit par Marcel et sa bande. Profitant d'un conducteur distrait, elle emprunte un char et se lance avec Tulio à la poursuite des braconniers : direction l'aéroport !

10
L'AMOUR DONNE DES AILES

Sur le tarmac de l'aéroport, Fernando aide les autres à charger les oiseaux volés vers la soute de l'avion. Quand vient le tour de Blu, il ouvre discrètement la porte de la cage.

— Sauve-toi, vite !

Mais Hector est plus rapide et claque fermement la cage.

— Tu vas le regretter, rugit Marcel, qui attrape Fernando par le bras.

Le jeune garçon se retourne, mord la main du chef, puis s'enfuit sur la piste. Marcel n'a pas le temps de lui courir après. Il ferme la soute et monte dans l'appareil. L'avion se prépare pour le décollage lorsque le char de Linda et Tulio surgit sur la piste.

— C'est trop tard ! crie Tulio.
— J'espère que non, dit Linda, qui regarde pourtant l'avion prendre de la hauteur.

À l'intérieur de la soute, tous les oiseaux sont effrayés.

— Mes petits vont m'attendre pour l'histoire du soir, se lamente

Rafael, les yeux dans le vague.

Blu essaie d'ouvrir la porte de sa cage, sans succès. Il aperçoit une corde élastique, qui pend du plafond. Il l'attrape et la noue aux barreaux, puis commence à faire balancer sa cage. Celle-ci prend de la vitesse et se fracasse contre la paroi de l'avion, la porte s'ouvre. Il libère rapidement ses amis et l'ensemble des oiseaux, puis actionne l'ouverture de la soute vers l'extérieur. Une alarme retentit dans l'habitacle.

— Qu'est-ce que… ? souffle Marcel depuis le cockpit.

Il se retourne et voit la porte automatique sur le point de

s'ouvrir. Avec Hector, ils se précipitent hors du poste de pilotage. Hector fonce sur Blu mais Perla s'interpose.

— Pas touche !

Hector envoie valser Perla, qui percute violemment la carlingue. Quand elle essaie de se relever, son aile pend contre son corps.

— Mon aile est déboîtée, je ne peux plus voler !

Blu en profite pour attraper un cordage qu'il accroche à la patte de Hector, et pousse l'oiseau blanc vers la porte. Elle s'ouvre en grand et Hector est propulsé à l'extérieur vers le moteur de l'avion. C'est sûr, on n'entendra plus jamais parler de lui !

L'avion pique du nez vers le sol. Tipa, Armando et Marcel attrapent en catastrophe les parachutes et se jettent dans le vide sans demander leur reste.

— Blu, à l'aide ! crie Perla, qui glisse vers la porte, aspirée par l'air.

— Nooooon ! hurle Blu quand Perla disparaît dans le vide.

Sans réfléchir il se jette à son tour et pour la première fois de sa vie déploie ses ailes, bien décidé à voler au secours de Perla.

Dans les airs, il la récupère dans ses ailes, l'embrasse et ensemble ils se dirigent vers le sol où les attendent Linda, Tulio et Fernando.

Quelques mois plus tard…

Au-dessus de la forêt, Blu réalise son troisième salto sous les yeux admiratifs de Perla, tout à fait remise de sa chute ! Ils sont interrompus par l'arrivée d'un groupe de bébés aras qui fonce vers eux.

— Papa, Maman, attendez-nous ! piaillent-ils en chœur.

Au sol, Linda et Tulio regardent, attendris, la toute jeune tribu virevolter dans les airs.

Perla, Blu et leurs petits peu-

vent désormais voler, tous ensemble, vers de nouvelles aventures...

FIN

TABLE

1. Blu et Linda 9
2. Le kidnapping 17
3. On se serre les coudes ! 27
4. L'évasion 35
5. Les bons plans de Rafael 43
6. Du vent dans les plumes 51
7. Du rififi chez Kipo 59
8. La liberté 67
9. La parade du carnaval 77
10. L'amour donne des ailes 85

Connecte-toi vite sur le site de tes héros préférés :
www.bibliotheque-rose.com
- Tout sur ta série préférée
- De super concours tous les mois

« Pour l'éditeur, le principe est d'utiliser des papiers composés de fibres naturelles, renouvelables, recyclables et fabriquées à partir de bois issus de forêts qui adoptent un système d'aménagement durable. En outre, l'éditeur attend de ses fournisseurs de papier qu'ils s'inscrivent dans une démarche de certification environnementale reconnue. »

Imprimé en France par Jean Lamour – Groupe Qualibris
Dépôt légal : mars 2011
20.20.2297.8/01– ISBN 978-2-01-202297-3
Loi n° 49956 du 16 juillet 1949
sur les publications destinées à la jeunesse